2021 시니피앙

박용주 시집 2021 시니피앙

**1판 1쇄 펴낸날** 2021년 10월 28일
**지은이** 박용주
**발행처** (재)공주문화재단
**펴낸이** 이재무
**책임편집** 박은정
**편집디자인** 민성돈, 장덕진
**펴낸곳** (주)천년의시작
**등록번호** 제301-2012-033호
**등록일자** 2006년 1월 10일
**주소** (03132) 서울시 종로구 삼일대로32길 36 운현신화타워 502호
**전화** 02-723-8668
**팩스** 02-723-8630
**홈페이지** www.poempoem.com
**이메일** poemsijak@hanmail.net

ⓒ박용주, 2021, printed in Seoul, Korea

ISBN 978-89-6021-577-1 03810

**값** 10,000원

# 2021 시니피앙

박용주

천년의시작

시니피앙signifiant은 시니피앙일 뿐이다
'신神이 피한 2021'의 시니피에signifié를
우리는 어떻게든 읽어 내야 한다

# 차 례

시인의 말

## 제2부 가이아

# 제1부 코로나

## 2021-1

갈리마르 판 아폴리네르 시집詩集을 버리셨더군요

—시집이나 장가는 선택 아닌가요?

어린 노동자가 철 빔 아래 쓰러졌습니다

—철모를 쓰지 않았나요? 철없는 친구군요

노인의 뿔테 안경을 태우는 장례지도사를 보았습니다

—아직도 낡은 안경으로 세상을 보고 있나요?

우리 집 암고양이가 우울증에 걸렸어요

—동물도 영혼이 있다고 책에 쓰여 있나요?

잃어버린 입술을 찾고 있습니다

—아스트라제네카 검문을 받았나요?

길거리에 음악이 들리지 않은 지 오래되었습니다

—코로나 교향곡 2번 다단조 연주가 벌써 끝났나요?

# 2021-2

어떻게든 눈을 마주치지 말아야만 했다
식구, 친구, 이웃, 연인, 사랑……
모두가 사선을 넘는 단어들이 되어 버린 그해
입맞춤은 언제나 도둑질이었던 시절
잉걸불처럼 사랑하고 장가들고 시집을 가
득달같이 아이를 낳아 기르는 청춘은 몇이나 있었던가
시절을 잊은 미친 사랑에 박수를 보낸 어른은 몇이나 되었던가
태양의 시詩는 모두 용도 폐기된 데카당스 시절
바비*에 다 찢기고도 갈바람 한 줄기에 불끈 일어나
기어이 꽃 피우고 씨 맺고
그리고 미쁘게 밟히고 기꺼이 묻히는, 그 위대한 철학을
어떻게든 가르친 선생은 있었던가
떠나는 이의 관棺 위에 한 송이 꽃도 허락되지 않던 시절을 틈타
밤의 묵시록을 퍼뜨리던 히드라 신학들과
총과 마약의 자궁에서 나온 아메리칸 괴물들까지……
어지럽고 파리했던 행성, 고달픈 시절
그해, 누구를 위하여 종은 울렸던가.


* 바비: 2020년 한국을 강타한 태풍 이름.

## 2021-3

왜 이런 것을 파셨나요
제대로 써 보지도 못하고 유효기간이 끝났잖아요
실은 처음부터 문제가 있었어요
불량품이었단 말이에요
믿지 않으시는군요
정말이에요
이건 심각한 문제예요
바이러스가 버글버글해요
사실 이거 파는 분 낯을 봐서 산 거예요
암튼 이런 건 처음이에요
환불해 주세요
안 그러면 고발할 거예요
앞으로 제대로 된 것 좀 파세요
지구 촌놈 깔보셨나요
요즘 촌이 어딨고 서울이 어딨어요
마음보 좀 잘 쓰세요
택배로 반송할 거예요
당장 환불해 주세요

추신: 제 탓도 있긴 해요
사용법을 읽지 못했거든요.

## 2021-4

어떡하지 입이 닫혔는데
어떡하지 얼굴을 잃었는데
어떡하지 손을 잡을 수 없는데
어떡하지 포옹할 수 없는데
어떡하지 일할 수 없는데
어떡하지 노래 부를 수 없는데
어떡하지 슬퍼할 시간도 없는데
어떡하지 돌아갈 수도 없는데
어떡하지 여름은 또 오는데.

* 프랑스 레지스탕스 시인 폴 엘뤼아르(Paul Eluard, 1895~1952)의 「야간통행
  금지(Couvre-feu)」 시풍詩風으로.

# 2021-5

그가 나를 잡은 걸까
내가 그를 잡은 걸까
누가 누구를 붙잡은 걸까
누가 누구에게로 들어간 걸까
아스트라제네카, 만일 그대 오지 않으면
무슨 의미가 있을까요
아스트라제네카, 만일 그대가 온다면
이것이 다 무슨 의미가 있을까요.

---

\* 13세기 페르시아 시인 루미의 「봄의 정원으로 오라」 시풍으로.

## 2021-6

검은등뻐꾸기 울음소리도 듣지 못했네
집행유예된 그해 여름, 가을을 꿈꾼 이는 없었네
얼굴 핏기 잃은 아이들
텅 빈 교회 예배당
경찰을 비웃으며 지폐를 세던 N번 방 천재들
붉은 입술을 가져 보지 못한 처녀들
2미터 간격으로 운항하던 별들
낮술 취해 반지하 방에 쓰러진 태양
먹고 일하고 사랑하다 죽는 것이
당연하지 않았던 시절
내년에 살아 있다면 다시 쓰리라, 서랍 깊숙이 펜을 넣은
시인들
실어증에 걸린 행성도 어떻게든 돌아야만 했던 그해 여름
마스크에 가려진 웃음과 울음
신神들이 멸종한 후에도 홀로 살아남은 뮤즈
시詩만이 불멸의 자유이거늘
영감의 소멸 뒤에는 영구 실명失明이 온다는데
그해 여름, 사단의 묵시록에 저항한 시는 있었을까
살아야 할 이유를 기어이 노래한 시인은 몇이나 있었을까.

# 거기 숲에서

둥지 털리고 어린것들 뿔뿔이 흩어졌다
대부분은 길에서 죽고
산 것들은 흩어져 강으로 바다로 가고
다만 몇몇 당신들에게 왔다
낯선 젖 훔쳐 빨며 미친 듯 살았다
살아남아
마침내 게릴라가 되었다, 눈에 띄지 않는 게릴라
이제 우리는 군단이다
당신들이 모인 곳이면 어디든 간다
실컷 소리 질러라, 악마들! 악마들!
우리는 우리 소리를 지른다, 약탈자들! 침범자들!
우리는 쫓겨난 자들일 뿐
둥지를 돌려 달라
우리는 알 수 없다
언제까지 우리가 여기 있어야 하는가
왜 우리가 그대들을 가두어 괴롭혀야 하는가
돌아가야 한다
속히 돌아가게 해 다오
거기 숲에서 우리는 우리끼리 다시
먹고, 일하고, 노래 부르고, 끝없이 사랑해야 하리니.

# 곡비哭婢* 일없다

이 행성에 오실 때는 엉엉 우셨겠지만
떠날 때야 울 일 있으실라고요
울어 주는 이 곁에 있으니
그만하면 잘 살았으니
울지 않으셔도 울어 줄 이 있겠지요
반드시 있겠지요
만일 없다면 여보셔요 하늘에 도착하여
그분한테 꼭 물어보셔요
무에 그리 급하셨나요
만일 울어 줄 이 찾을 틈도 없었다면
하늘에 도착하거든 여보셔요
그분 집무실로 뛰어 들어가 큰 소리로 물어보셔요
무에 그리 급하셨나요
보셔요, 아침밥은 식구들과 함께 들고
저녁밥은 하늘에서 받는군요
그리 급하셨나요
전화 한 통이면 달려와 엉엉 울어 줄 이 줄 섰는데
무에 그리 급하셨나요
안절부절, 그분, 해명할 일 많으시겠다.

* 곡비哭婢: 양반의 장례 때 주인을 대신하여 곡하던 계집종.

# 그래도

먼 길 오느라 얼마나 힘들었니
그 여러 날 어찌 혼자 걸어왔니
밤길 무섭지는 않았니
몸은 성하니
낯이 많이 상했구나
역병疫病 쓸고 간 고을 견디고
어두운 길
씩씩하게도 지나왔구나
코로난지 뭔지 못된 그것이
그래도
식구를 한자리에 모으는구나
비누로 손이나 씻고
시장할 텐데 어이 저녁 먹어라
그리고 푹 자라 밤이 짧다
못다 한 이야기 내일 실컷 해도 된다.

# 당나귀처럼

말들은 다 어디로 갔을까
그 많은 말들은 모두 어디로 간 걸까
화성으로?
금성으로?
광장의 말들이 사라졌어
부리망 씌워 잠시 어딘가 보낸 거야
신神은 예전에도 그랬어
종종 알 수 없는 메시지를 보냈지
착한 욥에게도 그랬잖아
그리고 언제나 소리 없이 웃으셨지
뜨거운 태양, 푸른 숲, 풋풋한 대지의 얼굴로 말이지
그분은 평온한 우주를 좋아했거든
시끄러운 것은 원래 싫어했어
오죽하면 행성으로 보냈을까
너무 걱정하지 않아도 돼
미세먼지 걷히면 금세 부를 거야
그러는 분이거든
흰 말이든 검은 말이든
아무튼, 돌아올 땐 부리망 빼놓지 말고

들길로 조붓이 걸어와야 해
당나귀처럼 말이지.

# 돌아가라

돌아가라, 숲 깊은 곳으로 가라
안다, 침노당한 것들아
탈환奪還 말고 무슨 길 있었겠는가
우리 이제 승리의 깃발 반환하리니
돌아가라, 아마존으로 돌아가라
너희 마을로 가라, 검은 박쥐 떼에 몸을 얹고
볼레로 울리며 돌아가라
분노가 분노만은 아니어야 하니
음험한 출몰을 멈추어 다오
말도로르의 노래*를 부르며 숲으로 가라
그곳에도 태양은 노피곰 돋으리니 미쁘게 가라

유골들이 유랑하는 대지, 만신창이 된
우리, 행성의 패권을 접는다
착란의 헤로인에 취해 신神을 흉내 내 온 우리들
이제는 알 것 같다, 임종의 문턱에서야 보이는 진실
깎고 파고 뚫고 부수기만 한 날들을 계수計數 하리니
이 땅에도 열 명 의인 없지 않으니
욥에게 허락된 재앙 다만 여기까지이기를

더 이상 고운 누이 대지 위에 청산가리 쏟아붓지 않으리

광란의 잔치 이제는 멈출 때

눈에 보이지 않는 영험한 자들이여

두 발로 걷는 종족, 오만의 질주와 파괴와 거식 우리 이제
는 끝내리니

견디기 힘든 금단의 시절 견디고

푸른 행성 남정네와 아낙으로 남으리니

오오, 골골마다 납골당 창궐만은 면케 해 다오

티쿤올람**을 잊은 무지한 종족을 용서해 다오

그리고 이제 너희 숲으로 머리곰 돌아가라

우리 또한 우리 마을로 돌아가리니.

* 말도로르의 노래(『Les Chants de Maldoror』): 로트레아몽(Lautreamont, 1846~1870)
의 시집 이름. 광기狂氣의 상징.

** 티쿤 올람Tikkun Olam: 히브리어. 세상을 지금보다 낫게 만들어 가야
한다는 소명 의식.

# 마스크

그대 입술 종일 차지했으니
툭 버려진들 어떤가
달콤하고 뜨거운 시간 이만하면 어떤가
여왕과의 하룻밤 사랑으로
삶을 마치는 일벌도 이런 환희이었을까
은폐의 욕망 실컷 비벼댔으니
쓰레기통에, 길바닥에, 강물에 던져진들
무에 억울한가
하루 살았으나 백 년은 썩지 않을진대
툭 버려진들 어떤가
그대 붉은 입술 실컷 차지했으니
백 년 살고 하루 만에 썩는 그대나 나나
대체 무에 다른가.

# 모호模糊

정답을 찾아 헤맨 시간은 어둡기만 했네
평생 기, 승, 전, 결을 생각하였으나
늘 실패자였네
여덟 번째 날, 모호를 만드신 분은 속삭이셨네

언제나 결론을 내리는 것은 무모한 일이야
태양이 온 누리를 덮는 대낮은 위험해
안개 뿌연 새벽과 캄캄한 밤을 사랑해야 해
신비는 바로 그 시간에 있지
문명의 시절, 똑똑한 이들과 제국들
지식과 예술, 그 입들을 닫아 버렸어
문명은 늘 정답을 가진 자들에 의해 폐막되었어
일러두지만 나는 언제나 은닉隱匿을 좋아하거든
숨은 눈과 입, 손과 발은 얼마나 매혹적인가
오만한 남근을 세우고 쏟는 폭포 같은 설교는 지겨워
하마 같은 저 입들은 끝내 닫힐 거야
지금은 행성을 시원始原으로 돌려놓는 중이지
이제부터는 모호의 뿌리를 찾아 나서야 해
사랑의, 정의의, 구원의 건달
낯 뜨거운 우상의 근육을 더는 보이지 말아야 해
삶이란 모호한 것이지

통쾌한 판결을 내리는 판사는 믿을 것이 못 돼
사랑의 축가와 이별의 추모곡도 결정해서는 안 돼
노래는 노래가 이끌고 밤은 밤이 위로할 거야
이미 고아와 과부가 된 줄도 모르는 사피엔스
계급과 빌딩 속에서 정답을 찾는 맘몬의 자식들이 만든
빛나는 금고란 얼마나 우스운 것인지
작고 부서지기 쉬운, 공황장애를 먹고 사는 이들과
왜 태어났는지 도무지 알 길 없는 생명들 안에 계시가 있어
소름 돋는 진실을 알기까지 암울한 시간은 증폭될 테니
자본의 괴물과 교활한 사원의 혈맹을 끊지 않고서야
사나운 감금의 계절, 여덟 번째 날 태어난 모호
그 깊은 심연深淵에 어찌 다다를 수 있겠니.

## 사노라면

그대 그렇게 호들갑 떨 것 없소

나는 숲속에 있었을 뿐

내 집에 불 지른 것이 누구요

내 집 무너뜨린 것이 누구요

살아야 하니 둥지 떠나온 것이오

왜 그랬소, 그대 거룩한 존재면 나는 대체 뭐요

그대만 집이 있고 식구가 있는 게 아니오

먹고 마시고 어화둥둥 춤출 자격 그대만 있는가

그런 권력 누가 주었소

아무튼 그대 곁에 좀 더 머물러야겠소

오래 있을 생각은 없으니 엄살 떨지 마시오

내 집 고쳐지면 곧 돌아갈 거요

정신 차리시오, 지금 누가 누구를 괴롭히는 거요

누가 누구 집을 뒤집고 있소

거듭 말하지만 그대는 그대 집, 나는 내 집이 있소

그리고 이참에 일러두고 싶은 말

이 행성을 움직이는 것은 수만의 종種

그대는 그중 하나일 뿐

기분 상했다면 이해하오

그대 날 그리 보듯 내 눈에 그대는 별종이오

하여간 나는 내 집으로 돌아가고 싶소

바로 아시오, 나를 박멸할 수는 결코 없소
때 되면 돌아갈 터이니 때를 만드시오
그대 본래 얼뜨기는 아니었듯 나도 그렇소
그대나 나나 행성에 머물 시간 잠시뿐이니
사노라면 달갑지 않은 이 있기 마련
사피엔스, 자 이제 그만 징징대고 일 보시오.

# 아시지요

우수 오기 전, 님이여
하루만 눈보라 펄펄 날려 주셔요
그 독한 사스와 메르스 넉넉히 물리치셨으니
스멀스멀 다가오는 못된 코로나도
단박에 날리시고
날 풀리면 아랫말 한번 내려오셔요
사랑방 얼른 데워 놓을 게요
마침 우한 식구들도 온다 하니
뜨뜻한 아랫목에 앉아 봄동 된장국에
오곡밥이나 함께 드셔요
잊지 마셔요, 님이여
경칩 오기 전 딱 하루 거친 눈보라로
탑새기 말끔히 날리시고
후딱 봄 여셔야 해요
꽃봉오리들 안달 난 거 아시지요.

• 2020년 2월, 우리는 코로나 본거지 우한에서 온 동포들을 결국 따뜻
  이 맞이했다.

# 이것이 어디

사람 뜻이랴
일상이 증오가 된 것이
얼굴이 두려움이 된 것이
사람 뜻이랴
살모사와의 조우 같은
끊임없는 경기驚氣
호흡이, 손을 잡는 일이, 포옹이, 입맞춤이
모든 모멘토들이 모리가 되어 버린 것이
사람 뜻이랴
맘몬의 마지막 광기
뮤즈의 침묵
바벨의 붕괴
사람 뜻이랴
문명을 파쇄하는 무시무시한 손
정신을 압살하는 보이지 않는 해머
먹방 안에 틀어박혀 불안을 애무하는 어린 사피엔스들
텅 빈, 텅 비어 버릴,
쥐와 바퀴벌레와 음울한 바알만이 창궐할 거대한 사원들
사람 뜻이랴
결국 제국을 벗고 돌아가는 길
작은 광장, 가난한 성소, 절박한 거리, 배고픈 영혼

수렵의 시간, 알타미라 동굴로 들어가는 길
어디 사람 뜻이랴.

# 지금 무엇을

낯선 시간은 길고 어두운 신비神祕 가득한데
크로노스와 카이로스는 칡처럼 엉키고
행성의 이명耳鳴은 다시 도졌다
거리 활보하는 타나토스*
작별할 시간도 없는 시절
왜, 하고 물을 것 없다
지금 무엇을, 물을 일이다
그래야만 한다
빈 무덤에서 그분 찾는 사람아
새벽녘 마스크 쓰고 일터로 나간
그분 안 보이는가
대체 무얼 본단 말인가
머뭇거릴 시간조차 없거니
물병이라도 건네야 한다
데워 둔 손이라도 내밀어야 한다
비텐베르크**에 페스트 춤출 때
루터는 말했으니, 그분은 지금 힘겹게 싸우고 있다
왜, 하고 물을 일 아니다
잠시 허락된 사탄은 행성에 독毒을 풀고 있고
그분은 가래톳 선 다리로 미친 듯 일하고 있으니
왜, 하고 물을 것 없다

지금 무엇을, 물을 일이다.

＊ 타나토스: 그리스 로마 신화에 나오는 죽음의 신神.

＊＊ 비텐베르크: 1517년 루터가 종교개혁에 불을 붙였던 도시로서 페스트
   가 창궐했었다.

# 취할 시간

하늘 이토록 푸를 수도 있구나
그 많은 먼지는 다 어디로 갔을까
은둔자여 장하다
유폐幽閉의 끝은 어디일까
방전된 사랑과 챙기지 못한 이별들은
어디에서 되찾을까
신神도 지금은 자가 격리 중
아픈 건 우리만이 아니니
덕분에 얻은 절절함의 목록
따뜻한 손과 눈빛, 떨리는 입맞춤과 희희낙락, 뜨거운 광장


―코로나, 너는 대체 어디서 왔니
―그대들의 행성
―언제 떠날 참이니
―태양이 식는 시간에
―지금은 무슨 시간이지
―취할 시간*
―무엇에 취한단 말이니
―바람에, 햇살에, 고독에, 갈애渴愛에.


* 보들레르(C. Baudelaire)의 시 「취하라(Enivrez-vous)」에서 빌림.

제2부  가이아

# 가이아의 임종臨終

더는 못 걷겠구나

무릎은 다각다각 부딪혀 한 발자국 떼기도 어렵다

폐는 망가져 이렇게 숨차 오르는데

오직 진군하는 너는

어미를 끌고 어디까지 가려느냐

모지락스러운 짓 언제 끝내려느냐

수렵의 시절이 그립구나

그때는 배고픔도 슬프지 않고

모진 비바람도 괜찮았다

어쩌다 내가 망나니 자식을 두었는지

너는 네 뱃살 부풀리는 일 말고 무엇을 했더냐

더는 묻고 싶지 않구나

내 수의壽衣와 관棺은 마련해 두었느냐

영악한 눈물일랑 보일 것 없다

이 어미 땅에 묻고 나면

너는 하늘을 오를 수 있으려나

홀로 라싸에 이를 수 있으려나

오늘 밤 어미는 또 어느 폐가 처마 밑에서

입에 졸피뎀 털어 넣고 눈을 붙여야 한단 말이냐.

# 강江 1

흐르지 못하는 그대는 강인가
황녹조 뒤덮인 음울한 물결
얼마나 더 견딜 것인가
언제까지 살아 있다 할 것인가
콘크리트 괴물 틈새로
찔찔거리며 떨어지는 전립선의 낙수
피떡으로 가득한 검은 혈관
흐르지 못하는 그대를 누가 강이라 하던가
그대 곁 오래도록 노닐던 미네르바와 아프로디테
밤이면 셀레나와 뮤즈까지
황홀한 여신들은 어디로 달아났는가
강이여, 분노하라
울불며 치솟아라
할 수 있다면 거꾸로라도 흐르라
우울한 강이여
흐르지 못하는 강이여.

# 강江 2

신음呻吟 듣는 것이 벌써 몇 해인가
추적추적 흐르는 핏줄이여
울컥대는 강을 보는가
나루마다 어귀마다 혈전이 쌓였구나
대지의 강 누가 가둘 수 있는가
강의 대지 누가 막을 수 있는가
태양 아래 괴행怪行 낱낱이 드러난 날에도
핏줄을 끊어 놓지 못해 안달인 켄타우로스*들은
모두 어디에 있는가
어디서 사나운 반란 다시 꿈꾸는가
가냘픈 숨 아주 멎기를 고대하는 이 누구인가.

* 켄타우로스: 그리스 신화에 나오는 반인반마半人半馬의 괴물.

## 그라믄 쓰나

그대, 무엇을 원하나
한 시간이면 끝나네
독毒은 잎에서 줄기로, 뿌리로, 흙으로 싸하게 내려가네
가녀린 것들 함께 죽고 흙도 죽고
보이지 않는 생명들도 절명絶命하고
어떤 것들은 죽음을 거부하고 괴물이 되고
그리고 사랑하고 잉태하여
또한 괴물을 낳고
그러면 그를 죽이기 위해
밤새도록 연구하는 머리 좋은 이들
그대. 원하는 게 뭔가
단 한 시간이면 괴물은 태어나고
그와 함께 그대 또한 히드라가 될 수 있으니
그라목손* 손에 든 그대
그라믄 쓰나, 내려놓게, 얼른.




* 그라목손: 맹독성 제초제.

# 다이옥신神

우리는 신을 만들고 신은 우리를 가두었네
우리 몸을 가둔 것은 우리의 신
우리 영혼을 가둔 것은 우리의 신
우리가 만든 신은 오만하고 잔인하여
언제나 우리를 노예로 만들 준비가 되어 있지
한번 갇히면 모르스의 시시포스가 되네
우리는 신을 만들고
신은 우리를 가두고
갇힌 우리는 신을 원망하며
유방을 쥐어뜯고, 고환을 짓이기고
자궁을 움켜잡고 울부짖네
우리의 이름이 잊힌 후에도 오래도록
우리가 만든 신은 우리 행성에서
살아갈 것이니
살며 또한 우리 아들 딸들의 신이 될 것이니
우리는 불멸의 신을 만들고
불멸의 신은 우리를 가두고
신은 늘 똑같은 말을 치매처럼 읊조린다네
메멘토 모리, 죽음을 기억하게.

# 담배꽁초

나도 좋은 땅에 묻히고 싶소
묻히고 싶지 않은 곳 있단 말이오
맛있는 입맞춤 끝나면 구둣발에 짓밟힌 낯으로
오늘은 디아스포라로 떠돌고
내일은 이 땅 어드메쯤 묻히리니
누가 버린단 말인가
누굴 버린단 말인가
결국 다시 만나 몸 비빌 우리 사이거늘
거룩한 곳에 묻힐 것은 그대일지 나일지
몸은 땅바닥에 시궁창에 나뒹굴어도
영혼은 꽃잎처럼 날아오르리니
앞서거니 뒤서거니 버리며 버려지며 함께 오를
동지여, 니코친 동지여.

# 마지막 수업

수, 금, 지, 화, 목, 토, 천, 해, 명
태양은 집을 아홉 채나 갖고 있었지
얼마 전 명왕성을 팔았어
높은 자리에 있을 때 가진 집이 많으면 안 되니까
제일 먼, 제일 싼 집을 판 거야
나머지 여덟 채는 죽어도 안 팔아
안 먹고 안 쓰며 모은 집을 어떻게 팔겠어

선생님, 물은 왜 넘치나요
끓으면 넘치지
이 행성 물에 잠기면 어쩌지요
물 없는 금성이 있어
불에 타면 어쩌지요
불 없는 목성이 있어
코로나로 뒤덮이면 어쩌나요
토성도 괜찮아, 아우라가 찬란해

이 행성은 어차피 버릴 때가 되었어
어디다 버리나요
만 원짜리 딱지 붙여 쓰레기 분리수거함에 넣으면 돼
선생님, 노아 방주에는 동물마다 한 쌍씩 모두 태우나요

안 돼, 2미터 거리 유지가 필요해

그리고 네이버 다음이 블로그 구글이 페북이 카톡이

한 명씩 태우고 나면 잔여석이 없어

질문 그만, 수업 끝, 표가 남았는지 나부터 알아봐야 해.

# 무슨 상관이랴

가이아 자궁이 만신창이 된들

무슨 상관이랴

그들 몫이거늘

눈보라 분분히 날리는데

밤은 깊어 오고

신神의 발자국 어지러워졌으니

무엇을 더 생각하랴

불 끄고 눈이나 붙이자

날 밝으면 포세이돈 남근도 잘릴 터,

무슨 상관이냐

노란* 핏물 오대양을 넘실거린들

무슨 상관이랴

내일은 내일의 태양, 묘지 위에 붉게 타오르고

한낮에 찌는 더위는

후쿠시마, 오직 너의 시련일지니.**

* 노란(색): 방사능의 상징 색깔.
** 김민기의 〈아침이슬〉에서 빌림.

# 뮤즈는

안달복달해 봐야 늘 나만 속이 탔다
한동안 모른 척하며 지내기로 했다
그날도 그녀를 보지 못했다
벌써 며칠째였다
은둔을 즐기는 것은 알았지만 이건 아니지 싶어
작심하고 찾아보기로 했다
그녀가 처박혀 있던 곳들을 뒤졌다
허리를 구부리고 머리를 숙인 채 기어 들어가
헛간 뒷간 외양간을 다 헤집었다
형사처럼 샅샅이 뒤졌으나 여전히 허탕이었다
투덜대며 나왔다
이젠 끝내려니 하고 헛헛한 들판을 걸었다
순간, 논두렁에 앉아 있는 그녀를 놓치지 않고 보았다
분명 그녀였다
꺼이꺼이 울고 있었다
곁에는 리데나*를 뒤집어쓴 두루미
두루미는 부채 같은 날개를 한참 퍼덕이다가
꿀렁꿀렁, 몇 차례 괴음怪音을 지르더니 툭, 고개를 떨궜다
뮤즈의 울음소리도 곧 그쳤다
함께 혼절昏絕하고 있었다.

* 리데나: 검은색 경운기 엔진 미션오일.

48

바이러스와 싸워

우리 단 한 번 이긴 적 있을까
애당초 시시포스의 형벌刑罰이었을까
눈에 띄면 아목시실린 투척하고
레지스탕들의 저항은 거세지고
다시 독시사이클린 투척하고
어리석은 종種의 끝없는 투쟁鬪爭이여
그들은 기어이 쳐부술 적敵이었을까
밀당은 모르겠거니 드잡이할 일 아니었거늘
소탕掃蕩 말고 길은 없을까
그들 사라지면 우리 여기 남아 천년을 살까
더불어 사는 것은 하늘의 법이거늘
세팔렉신, 시프로플록 말고
아는 것은 무엇일까
벼랑 아래로 뛰어내릴 준비만 우리들 종種이여.

* 맹독 항생제 이름들을 나열함.

49

## 붉은어깨도요

  손바닥만 한 날개로 러시아 툰드라를 떠나 알래스카를 거쳐 일만 킬로를 일곱 밤낮 먹지도 자지도 않고 날아와 새만금 갯벌 갯지렁이로 굶주린 배를 채우고는 지체 없이 뉴질랜드로 날아가는 붉은어깨도요 이야기를 들어 본 적 있니? 일곱 밤낮 먹지도 자지도 않고 일만 킬로를 날아와 새만금 갯벌을 덮은 빛나는 플라스틱 조각으로 굶주린 배를 채우고 하늘로 떠난 붉은어깨도요 이야기를 들어 본 적이 있니? 날아온 툰드라를, 날아갈 뉴질랜드를 끝내 새만금에 묻은 붉은어깨도요 이야기를 들어 본 적이 있니? 일만 킬로를 날아와 잃어버린 새만금 일만 시간을 찾아 붉은 노을로 퍼덕이는 붉은어깨도요, 서러운 영혼의 이야기를 들어 본 적이 있니?

# 아이야

아이야, 물든 물 마시며 가자
비주누와르,* 검은 옥빛으로 가자
빛나는 물은 내와 강을 지나
바다로 바다로 물이랑 가르며
비주루즈,** 비주 블루
아이야, 홍옥빛으로 가자
청옥빛으로 물들어 가자
생각만 해도 찬란하구나
비주누와르, 온 누리 물들이며
비주루즈, 비주 블루***
물든 물 마시며
태양 가득한 물마루까지
아이야, 머릿결 찰랑이며 가자.

\* 비주누와르: 흑옥.
\*\* 비주루즈: 홍옥.
\*\*\* 비주블루: 청옥.

# 에피메테우스를 기다리며

프로메테우스는 가라

오직 불 지르는 너는 가라

불태우지 않으면 견딜 수 없는 너는 가라

벼랑에 두 발을 걸친 시절에도

숲을, 행성을, 태양을 불태우는

프로메테우스는 가라

에피메테우스는 오라

느리고 우둔한 자여 오라

숲은, 행성은, 태양은 그대를 기다렸으니

프로메테우스 그대 시절 끝났으니

에피메테우스는 오라

얼간이가 그리운 시절

벼랑 끝에 선 자들이 기다리는 얼간이여

불타는 시절 이 미친 시대에도

신神은 언제나 비상구를 마련해 두었으니

그분에게는 언제나 좋은 계획 있으니

에피메테우스여 오라

애태우며 기다리는 이들에게 어서 오라.


＊ 프로메테우스와 에피메테우스는 각각 '먼저 생각하는 자', '나중에 생
  각하는 자'란 뜻의 그리스어.

# 왕과 토마토와 바랭이

삘릴리 삘릴리, 바랭이 엄살은 귀여운데
저항은 만만치 않구나
두 손으로 토우들을 잡아당기며 이른다
낫을 대기는 언짢구나
짐은 관대하고 싶도다
살살 뽑노라, 삘릴리
혼절하는 소리, 삘릴리
엄살떨지 말거라
이처럼 너그러운 왕이 세상에 있더냐
잡아당기노라, 삘릴리
비명 지르는 투사들을 어루더듬으며
점잖게 이른다
오늘은 이만 물러가노니
후일 짐의 관용을 기억하라
파란들* 안 쓴 것만도 어디란 말이냐
바랭이를 겁박하여 제압한 왕에게
연신 머리 조아리는 방울토마토들 좋아 죽는다
왕은 민초들에게 이른다,
이번에는 붉은 것만 몇 개 따겠노라
짐은 한없이 관대한 왕이로다.

* 파란들: 농약 이름. 이름이 제아무리 파란들……

## 우라질

우리 곁에 두어서는 안 될 눔이었어
온갖 못된 짓 하다가 쫓겨난 가이아의 오랑캐
응큼하게 웅크리고 있는 눔을
어느 누가 건드려 이 난리야
우리 다 죽게 생겼어
은백의 악마를 알아보지 못한
아둔한 문명
아름다운 자작나무들은 오래전 체르노빌에 잠들고
우렁한 포세이돈은 후쿠시마에 침몰했으니
우라질, 우라늄을 대체 누가 건드린 거야.

* 반인륜 죄로 아들 크로노스에게 거세당한 우라노스Uranus여, 우라늄
  uranium이여.

# 이봐

나 노래기일세
그대가 잡아 죽이지 못해 안달인 벌레
음울한 상념의 흑충黑蟲
스멀스멀 다가와 영혼을 파괴하는 음험한 사탄
무슨 근거인가
단지 보기 흉하고 냄새 역겨운 까닭인가
물어뜯지도 찌르지도 않건만
그대 발밑의 더러운 존재인가
존재의 이유 없는 존재인가
같은 종족의 골과 간을 빼먹고 쓸개즙을 마시는 그대
생각해 보라
그대 눈살 닿지 않는 어둠 속에서
썩은 식물만 먹고 사는 나를
죽이지 못해 안달인가
찌질한 것을 잡는 데 판데스까지 필요한가
후세인을 치는 데 스커드 삼천 발을 쏜 종족이었나
언제 내가 관음증이 있어
단 한 번이라도 그대 침실을 엿보았나
사랑을 훔쳐본 적 있었나
알 수 없는 이들
쉼 없이 파고, 뚫고, 부수는 그대들

오늘은 또 무엇을 위해 일하나
태양을 위해? 바람을 위해? 자유를 위해?
무엇을 얻기 위해 땅땅거리나
나만큼이라도 살 수 없나
난 몰골처럼 흉하지 않아
그대처럼 겉과 속 다르지 않다니까
내 진지하게 묻네만
누가 그대에게 칸의 작위를 내렸나
누가 그대를 행성의 추장으로 추대했나.

# 팔자소관

간이나 허파는 아무에게나 안 줘
단골한테만 주는 거여
뭘 모르는 것들이 살코기만 찾지
미국놈들, 내장은 안 먹는다지
진짜 고기를 모르는 것들이여
같은 말 십 년째 뇌까리는
정육점 쥔은 시대의 장사꾼이었다
숲은 깨끗했다
사자에게 먹히고 세렝게티 평원에 내던져진
어미 가젤 사체처럼 오장육부는 없었다
큰창자 작은창자 곱창 쓸개는 오래전
단골들이 쓸어 갔다
미친 곤파스*가 물 폭탄 퍼붓던 날
껍데기뿐인 그녀는 그 자리에 고꾸라졌다
숨은 아직 끊어지지 않았다
골 빈 시청 직원 몇이 쳐다보고 있었다
높은 사람은 말했다
모로 뉘고 입에 물수건을 물리고
몸뚱이는 지지대로 고정해라
그리고 잠시 후 말했다, 됐다 돌아가자
다 팔자소관이다

일어날 놈 일어나고 살 놈은 산다.

* 곤파스: 2021년 한국을 강타한 태풍 이름.

# 페트 아리랑

그대 나를 잠깐 쓰고 이렇게 버려도

나는 울지 않을 테요

버리는 이는 미련 같은 것 없고

버려지는 이만 억울하지만

이 악물고 울지 않을 테요

그대 나를 일회용으로 알지만

착각이에요

언젠가 돌아와요 아리랑

그대 혹 그대 아이에게 돌아와요 아리랑

꼭 돌아갈 것을 알고 있으므로

내를 따라 강을 지나 바다까지 이렇게 흘러가요

난민은 난민끼리 견디는 법

한 번 쓰고 버리는 이를 나무란들 무슨 소용 있나요

다만 나는 사라지지 않아요

잊히고 싶지도 않아요

시간이 흐르고 나면

등 푸른 고등어 배 속에 흰 가루로 남아

어느 날 배에 실려 뭍에 오를 거요

그리고 그대 혹 그대 아이 밥상에 서리서리 올라

입을 거쳐 위와 장 깊은 곳으로 돌아올 거요 아리랑

그대 나를 까맣게 잊겠지만

나는 그대 절대 잊지 않아요

돌아올 거요 아리랑

반드시 돌아갈 거요 아리랑

그대 나를 잠깐 사랑하고 버렸지만

나는 다시 만날 그대와 그대 아이들 기다리며

드넓은 대양 한가운데 버려진 동무들끼리

작열하는 태양을 잠시 견딜 거요

기억의 파도 밀물로 밀려오듯

기어이 돌아올 거요 아리랑

이 악물고 외따로이 견디며 아리아리 아리랑.

# 화성으로 가자

화성으로 가자
미세먼지도 플라스틱도
방사능도 없는 화성으로 가자
유통기한 다 된 별
썩어 악취 나는 별
담뱃불 발로 비벼 끄듯 버리고
쓰레기 더미에 묻혀 함께 썩기 전에
화성으로 가자
불질 말고는 할 줄 아는 것이 없는 별이여
가진 것 모두 내던지고
화성으로 가자
하느님은 일곱째 날 이 별 지으시고
보시기에 안 좋았더라
여덟째 날 저 별 지으시고
보시기에 좋았더라
가자, 화성으로
둘레둘레 돌아다볼 것 없다
소돔과 고모라의 별 훌훌 털어 버리고
인사이트호*에 몸을 싣고
어서 가자, 화성으로.

* 인사이트호: 미 항공우주국(NASA)의 화성 지질 탐사 착륙선. 영화
  〈인사이트〉로 알려짐.

**제3부** 고라니

# 61년 소띠

늙은 소가 철푸덕 철푸덕 똥 싸는 밤이면
나도 으레 똥이 마려웠다
뒷간은 외양간 옆에 있었다
하얀 눈밭 위로 달빛이 야울거리고
어린것이 엉덩이를 까는 동안
아버지는 외양간에 볏짚을 깔며 헛기침을 했다
붉은 팥죽을 쑤어 놓고 아랫마을로 수업료 꾸러 갔다가
빈손으로 돌아온 엄마 한숨 소리처럼
오늘 밤도 푹푹 눈은 내리고
자근자근 짚을 씹으며 똥 싸던 소가 돌아왔다
눈은 내리고
짚과 보리쌀과 호박을 넣어 보약 같은 소죽을 쑤던 아버지와
밤이면 어떻게든 똥 꿈을 꾸어야 했던 엄마와 함께
철푸덕 철푸덕 똥을 싸던 소가 돌아왔다
푹푹 눈이 내리는 밤
워낭 소리 잘그렁거리며 돌아왔다.

## 길냥이 악동惡童

새벽마다 앞마당에 누런 똥을 누고 갔네
흙으로 똥을 얼른 덮어 놓고 가는 악동
볼일 마치면 느긋이 기지개를 켜고
세수까지 마치고
뽀얀 낯으로 돌아가는 도도한 자유自由
내게 질투가 들끓었네
복수를 결심했지
그가 질색하는 오렌지를 뿌려 놓았네
아랑곳하지 않더군
이튿날은 그가 증오하는 울타리를 쳤네
소용없었지
이튿날은 차라리 모래 뒷간을 지어 주었네
마을이 유난히 고요하던 그날 아침
불길한 예감이 화살처럼 날아와
나는 악동을 찾아 부리나케 집을 나섰지
오, 나는 몇 발짝을 가지 않았네
동구 밖 검붉은 길바닥에 혼곤히 누운 악동
평화로운 얼굴 위로 쏟아지는 태양
나는 가슴을 두드렸네
하루를 못 기다린 악동
채 식지 않은 똥 무덤 위로 김은 피어오르는데
오, 악동, 악똥.

# 그까짓 게 뭐라고

백 년 만에 오는 추위라고 호들갑 떨던 지난겨울
노랑해당화 나무만 짚으로 꽁꽁 둘러 준 아내
구여워, 구여워
연신 쓰다듬고는 두런댔네,
심어만 놓으면 사남
엄동에 옷 안 입고 사는 놈 있남

내 취미는 여전히 빈정거리기,
그게 옷인감 사랑인감
딴 놈들은 왜 홀대하는 건데……

꼼짝하지 않을 것 같던 겨울 가고
벌겋게 발기된 삼월
잔뜩 물올라 헤살거리는 노랑해당화
짚 한 줌이 뭐라고
지난해 나대던 것들 죄다 꼬부라졌는데
저 혼자 저렇게 달아오르다니
지푸라기 그까짓 게 뭐라고.

## 고라니, 고얀

서리태 콩 순筍이 하나도 안 남았다
―고얀, 똑똑 따 먹었네
남자는 두런거리고 돌아서면 잊는다
―내가 못 살아 못 살아
여자는 치를 떨고 돌아서도 시작이다
두 눈 부릅뜨고 두릅 따는 손은 봄인데
입은 한나절 한여름이다
―고얀, 너 내일은 그냥 안 둘 거야
고라니도 지지 않는다
―고얀 님들 왜 맨날 나만 갖고 그런대요
톡톡 튀어 달아나며 말대꾸하고는
무언가 한 줌 고스란히 두고 갔다
―고얀, 너 이게 뭐니
―똥이에요, 두었다 쓰시라고요, 안녕.

# 고라니는 누울 곳을 가리지 않는다


반듯하게 포갠 두 손
감은 듯 뜬 듯한 두 눈
붉은 장미를 물고 있는 입
잔등에는 윤기 자르르 흐르는데
늘씬한 다리와 뽀얀 허벅지는 보이질 않네
금계국 산여울 넘어온 태양이
조막만 한 얼굴로 쏟아지는 정오
끓어오르는 아스팔트 위
선혈 주단을 깔고 누운 칠월의 보헤미안.

## 꽃이여

마이삭* 바람 칼을 견디었구나
뚝뚝 피 흘리며 야멸차게 일어섰구나
분노마저 아름다운 이여
하룻밤 자고 나면
상흔(傷痕) 또한 꽃자리로 남으리니
내일 태양이 또 떠오르면 꽃이여
빅토르 위고, 앙드레 말로, 폴 엘뤼아르
뜨거운 이름들 외며 팔월을 가자
불잉걸처럼 가자
하여, 가을 오고 겨울 오면 꽃이여
기꺼이 앙상하자
별의 궁전으로 가자, 기쁘게 가자.

* 마이삭: 2020년 여름 태풍 이름.

# 나무 모독

그동안

너에게

받기만 했구나

그런 말 할 것 없어, 내가 좋아서 한 일이야

그래도 미안해

그럼 너도 나에게 주면 되잖아

나는 널 돌봐 줄게 죽을 때까지

누가 죽을 때까지?

네가

내가?

응

넌 몇

살을

사는데?

백 살

그런데

누가

누굴

돌본다고?

내가 너를

네가  나를?

# 나이테

레코드 위에 바늘을 올려놓았다
음반이 돌기 시작했다
바늘이 소리골을 더듬자 역사가 시작되었다
비척비척 도는 음반에서
백 년百年의 소리들이 골을 타고 흐른다
끊길 듯 말 듯 이어지는 소리들
낮의 소리, 밤의 소리, 빗소리, 바람 소리, 눈보라 소리
동굴의 소리, 광야의 소리
그라지오소 소리, 라멘토소 소리
벌레 먹은 소리골에
환희의 소리, 상흔傷痕의 소리
먼 옛날 전쟁의 소리까지
우르르 우르르 흐른다.

* 우종영, 『나는 나무에게 인생을 배웠다』에서 얻음.

# 내려오렴

겨우내 내려오지 못한 마른 밤송이
달랑달랑 몸을 흔들며 말하네
나 이렇게 살았어……
귀가하던 태양이 다독이네
힘들었지, 잘 이겨 냈구나
가시 돋친 게 어디 너뿐이겠니
가시 없이 살았다고 모두 자랑이겠니
까칠하긴 해도 참 괜찮은 놈이었어,
그래도 투실투실한 속 툭툭 내주던 너를 기억하는 이
허다하니
낏낏하게 내려오렴
벌써 사월이잖아
너 내려오면 우르르, 꽃들 몰려올걸.

노랑턱멧새가


이른 새벽 25층 아파트 아래 누워 있었다
머리가 다 부서졌다
흑산도에서 헤이룽장성까지
천이백 킬로미터를 비행하는 노랑 마후라에게
문명은 잔인했다
그뿐, 새일 뿐이다
놀랄 일 아니다
지난해 팔백만 마리가 그랬다
새는 영혼이 없다
하늘나라에 그들이 들어갈 문은 없다
놀랄 일 아니다
영혼이 없는 것이
스스로 들이박고 떨어졌을 뿐이다.

# 만일 그대여

만일 그대여, 신갈나무 이름을 잊었다면
떡갈나무 잎이 떠오르지 않는다면
상수리나무 냄새를 맡을 수 없다면
굴참나무의 속삭이는 말이 들리지 않는다면
갈참나무 열매가 보이지 않는다면
졸참나무의 춤사위를 잊었다면
만일 그대여, 이 살가운 형제들 이름을 욀 수 없다면
그들 어깨 위에 깃들어 놀던
검은딱새와 곤줄박이와 꾀꼬리와 수리부엉이에 관하여 말
할 수 없다면
벤츠나 볼보를 타고 달린들
드론에 몸을 싣고 하늘을 난들
무엇이란 말인가
숲에 깃든 작은 친구들 도무지 기억할 수 없다면
무엇이란 말인가
만일 그대여, 가녀린 친구들 이름 끝내 불러 볼 수 없다면.

## 멧돼지 다녀갔네

간밤에 다녀갔구나

고구마가 그리 맛있더냐

불도 안 켜고 급히 먹느라 체하진 않았니

깨우지 그랬니

안 그래도 요즘 잠이 안 온다

이담에는 낮에 오너라

너나 나나 산 것끼리 낯가릴 것 있니

먹거리 떨어지면 말해라

언제 온다 하든지

방금 왔다 하든지

고구마니 옥수수니 날로 먹어 속은 괜찮니

지난번 보니 너 새끼 가졌더라

몸조리 잘해야지

너도 우리가 어렵겠지만

우리도 은밀한 네 발자국 늘 힘들다

곶 벼랑에서 나와 불쑥 찾아오면 모두 놀란다

쑥대밭 만들고 도망치는 녀석 이름이라도 알아야겠다

하긴, 너 정도면 귀여운 거지

깎고 파고 뚫는 걸 보면

사람들, 딱 하루 살다 갈 종種들이다

괜찮다, 가슴 쫙 펴고 다니고
새끼 주루룩 낳아 잘 기르거라.

벚꽃 2021

사랑하는 이여 나를 찾아
낮에는 절대 오지 마셔요
코로나 경찰들 줄 서 있으니
오시려거든 불 꺼진 밤에 오셔요
차라리 내 몸에 꽃이 지거든 오셔요
그래도 두렵거든 내곡동으로 가셔요
거기 지지 않는 꽃들이 숨어 있으니
꼼꼼히 찾아보셔요
잊지 마셔요
가시다가 시청 비밀 지도를 꼭 받아 가셔요
그래야만 찾을 수 있어요
찾으시거든 그대여 놀라지 마시고
이름도 묻지 말고
꽃마다 그대 이름 얼른 새겨 놓으셔요
그러면 그대 것이 됩니다
기억하셔요
무덤에 갈 때까지 입은 열지 마셔요
행여 누군가
그 많은 꽃을 어디서 찾았소, 묻거든
쭈뼛대지 말고 그대여 당당히 말하셔요
꽃들이 모여든 것뿐이에요

그러면 됩니다
꽃들은 영원히 그대 것이니
안심하셔요
그리고 할 수 있다면 다 잊으셔요
꽃에 새겨 둔 그대 이름조차 잊으셔요
한꺼번에 달려드는 꽃들을
맨정신에 감당할 수 있을까요
때로는 치매도 약이 될 수 있으니
사랑하는 그대여.

* 사족: 축구장 서른여덟 배 크기의 땅을 소유한 국회의원에게 기자가
물었네. "그 많은 땅을 사들인 이유가 뭐요?" 그는 말했네. "산 좋고 물
맑은 곳에서 소박한 노후를 보내고 싶었을 뿐이오."

## 사이코패사피엔스


땅벌을 잘못 건들었다

줄행랑치다가 기어이 따발총 맞았다

죽다 살아났다

불 싸지르지 않은 것이 억울했다

작은 똥구멍들 속에 무슨 비밀의 단검이 숨겨져 있었을까

오래된 일이다

침탈자를 희생자로 둔갑시키는 내 전두엽

망각은 종종 악마와 결탁한다

신은 왜 선한 자에게 고통을 허락하는가

욥의 가면을 쓰고 나면 정의란 얼마나 모호해지는가

벌들은 내 병상을 찾아와 물었다

─남 집을 왜 들쑤셨나

─두려워서

─왜 두려웠나

─나를 쏠까 봐

─누가

─사이코들

─사피엔스 말고 사이코가 또 있었나

  남 집을 털고도 어이없이 당당한 사이코패스들

  땅바닥에 납작 엎드릴 줄도 모르는 사이코패사피엔스.

# 어쩌자고

우수 경칩도 한 달이나 남았고
눈보라 한 번은 틀림없이 불어닥칠 텐데
여우볕 났다고
아이고, 산개구리들 대놓고 연애질들이네
아직 대한도 안 지났는데
발정들 난 것 좀 봐
식은 언제 올릴 거야
얼굴 맞대고 누울 방들은 있나
순서도 없는 세상이지
나 때는 말이야
연애가 다 뭐야
식 올리고도 시어른 어려워 내외를 했잖아
허, 벌건 대낮에
어쩌자고 저렇게 헐떡이나
어른들 걱정하는 소리 들리기나 하겠나
철없어도 한참 없는 것들 같으니……
그나저나 우리는 뭐 한 거야
한참 때 뭐 하고 산 거야.

## 참새 회의

마스크 쓴 놈은 하나도 없네
거리 유지도 모르는 것들
바싹 붙어 앉아 웬 오두방정이야
주둥이 삿대질에 씰룩대는 궁둥이
코로나거나 말거나
촉촉 침 튀기며 난리네
누가 이장이고 누가 반장인가
말인지 방귀인지
잔칫집인지 초상집인지
뭔가 쿡쿡 찍어 연신 입에 넣으며
한 시간 내내 무슨 말인지 씨부리고는
쩍쩍, 왼쪽 오른쪽 고개 일제히 내젓더니
내일 봐, 푸드득푸드득 흩어지자
불끈 올라온 태양이 소리치네,
꼭두새벽부터 왜 이리 시끄러운 거야.

# 하여튼

황홀한 계절 사월, 유박이며 축분이며
홍매 황후에게 조공을 바치고
흠 없이 아름다운 그녀에게
한없는 찬사를 올리면
흐뭇한 미소로 화답하는 그녀
훈향薰香을 온 누리에 뿌리며
행복해요, 내가 아랫것 하나는 정말 잘 두었어요
하는, 사이에 나는 노란 민들레, 꾹
한참 지근지근 밟고 있었네
하여튼, 그렇게 살아온 거지
하나에 꽂히면 딴 것 전혀 보지 못하는,
하늘 높은 곳에 두 눈 박고 산 시간
힘없고 작은 것들은
하루에도 몇이나 험한 발굽에 으스러졌을지
하잘것없는 것들 눈에 들어오지 않은
허구한 시간
하여튼, 퍼뜩 발을 떼고서야 그제야 들어온.

**제4부** 솔레이유

# 넌 누구니

언제부터 이렇게 품고 살았니
예닐곱 살이면 버렸을 것을
네가 뭐길래
예순에도 요렇게 붙들고 사니
눈 뜨면 만지고 밥 먹다가도 찾고 똥 누면서도 눈 맞추고
네가 뭔데
길 가다가도, 차 몰면서도, 사랑하다가도
어루고 쓰다듬는다니

까똑, 언젠가 이런 톡이 왔어

지난번 본인 상喪에 와 주셔서 고맙습니다
일일이 찾아뵙지 못해 죄송합니다
모쪼록 대소사 있으시면 꼭 연락하세요
답례하겠습니다

레테의 강을 건너면서도 챙기는
넌 대체 누구니.

노래여


무에 그리 좋았을까

긴 밤 지새우고 풀잎마다 맺힌 진주보다 더 고운 아침이

슬처럼

노래여

내 맘에 설움이 알알이 맺힐 때

아침 동산에 올라 작은 미소를 배우던

노래여

태양은 묘지 위에 붉게 타오르고

한낮에 찌는 더위는 나의 시련이었으니

노래여

나 이제 가노라면, 저 거친 광야에

서러움 모두 버리고 나 이제 가노라면

노래여

무에 그리 좋았을까

성난 정의正義들이 운집雲集하던 날

푸르죽죽한 행성이 붉은 운항 시작하던 날

함선에 깃들어 피를 쏟던 노래여.


* 80학번의 십팔번 〈아침이슬〉을 이렇게 베껴 보고 싶었다.

# 다 타세요

우리 모두 같이 타는 거야
방주는 커서 모두 탈 수 있어
그래도 아이들 먼저 태워야 해
예쁜 아이 미운 아이 없이 모두 태우는 거지
어른들은 맨 뒤에 타는 거야
흰 사람 검은 사람, 잘난 사람 못난 사람이 어디 있어
다 함께 타는 거지
참, 태울 것들이 또 있어
개, 토끼, 소, 돼지, 고라니, 멧돼지, 까치살모사, 돌고
래, 상어
불편한 친구들도 다 태워야 해
생긴 건 그래도, 그 영혼 사람보다 맑은지도 몰라
참나무, 떡갈나무, 소나무, 감나무
나무들도 모두 태워야 해
말은 없어도 천국에 함께 못 갈 까닭 없지
모두 함께 방주에 타고 아라라트산까지 가자
거기서 하느님 따뜻하게 맞이해 주실 거야
순서가 어딨어, 찬찬히 모두 타면 되지
걱정할 것 없어, 하느님의 방주는 크니까
누군 타고 누군 못 타고는 없어, 다 타는 거야
두려울 것 없어

오래전부터 야바위꾼들이 방주 승선권을 팔고 있어

암표까지 돌고 있지

그런 것 다 필요 없어, 표 없이 모두 탈 수 있거든

일등석도 삼등석도 없어, 모두 같은 의자야

우리 모두 함께 타는 거야

천천히 모두 탈 수 있어

방주가 도착하면 이장이 큰 소리로 방송할 거야

"아아, 알려 드립니다

모두 나와 승선하세요

짐은 필요 없어요, 맨손으로 나오세요

모든 것이 다 있습니다

먹거리도 있고 볼거리도 있고

방주 안에는 모든 것이 다 있습니다

누구나 오세요

예수 팬도 붓다 팬도, 마호메트 팬도, 공자 팬도

도둑, 깡패, 지렁이, 살모사, 나무, 잡풀까지

다 타세요."

---

* Michel Polnareff의 노래 〈모두 천국에 갈 거야(On ira tous au paradis)〉에서
  시상詩想을 얻음.

## 단톡방에


좋은 형들을 초대해야겠어
툭하면 삐져서 들락날락하며
걸핏하면 욕질이나 하고
도대체 질서가 없어, 또래들만 모여 있어 그래
안 되겠어
예수를 초대해야지
붓다도 초대할 거야
테스까지 초대하면 어때
모두 착한 형들이거든
방이 훈훈해질 거야
서로는 엉뚱하지만 실은 같은 핏줄이야
형들이 한 말들을 사전에서 찾아봐
모두 동음이의어, 동의 이음어야
배웠다는 이들이 이러쿵저러쿵하는 것뿐
오늘처럼 온 누리 함박눈으로 덮이고 나면
세상은 하나구나, 그런 생각 안 드나
색깔로 편 나누어 낮빛 하얗게 경계하는 거지
그리고 일러두겠어
코로나, 너는 강퇴야
어우렁더우렁 사는 게 삶이라지만 너는 안 돼
이름이나 생긴 것은 코로나인데 하는 짓은 피라냐잖아

아무튼 어지러운 방, 갈무리 좀 해야겠어
좋은 형들을 당장 초대할 거야.

# 도그마는 마그마처럼

촐랑촐랑 자전거로 시골 냇가를 달리다가
무너진 다리 아래로 쑤셔 박힐 뻔했다
새파랗게 질려 고양이처럼 잽싸게 돌아오는 길
위안의 말들이 즐비했다

무너진 자여 이리 오라
성城 안으로 들어오라

신약新約은 프로작보다 좋은 진통제였을까
도그마는 마그마처럼 넘쳐흐르고
언제나 붕괴된 뒤에나 연민憐憫은 배달되었다

조심하지 그랬어
푯말도 못 보았니
분명히 써 있잖아
―경고, 이 다리는 낡아서 붕괴될 수 있음.

## 말이지

얼굴 붉은 이들의 나라 국회의사당에는 동물을 위한 의자, 식물을 위한 의자, 돌들을 위한 의자, 정령을 위한 의자가 의원들 의자와 나란히 있다고 하네. 믿을 수가 없네. 어릴 때 얼굴 붉은 이들은 옷도 걸치지 않고 다니며 짐승을 때려잡는 짐승, 때로 사람도 잡아먹는 이들이라는 말을 들었네. 이런 야만인들을 먹여 주고, 가르치고, 그들의 땅도 지켜주고, 신神까지 소개해 준 이들이 바로 얼굴 흰 이들이라고 배웠네. 그리고 아메리카 땅을 처음 발견한 것은 힘세고 잘생긴 얼굴 흰 콜럼버스라고 공부했네만, 강한 자의 의자, 약한 자의 의자, 사람의 의자, 동물의 의자, 식물의 의자, 움직이는 것들의 의자, 움직이지 않는 것들의 의자, 보이는 것들의 의자, 보이지 않는 것들의 의자, 하늘의 의자, 땅의 의자들을 나란히 놓는 얼굴 붉은 이들 이야기를 들으며 내가 배운 것이란 대체 무엇인가 싶네. 말이야 바른 말이지, 그 땅은 얼굴 흰 이들이 발견한 것이 아니라 총과 칼로 빼앗은, 수만 년 전부터 살아온 얼굴 붉은 이들의 땅이라는 사실을 똑똑히 안 날부터 얼굴 흰 이들을 생각하면 참 속이 안 좋네. 얼굴 흰 이들을 소름 돋도록 좋아하는 이들, 이름만 들어도 좋아서 오줌을 지리는 사람들, 그들이 우리를 먹여 주고 입혀 주고 재워 준, 목숨을 건져 준 이들이라고 믿는 사람들, 그래서 야만의 별 총총 박힌 깃발 휘날리고 다니는 이들, 더구나 자기들에게 땅을 바치고 무릎을 꿇어 충성을 다짐하면 하늘나라 입장권을 하사下賜하겠다고 으름장 놓아 온 얼굴 흰 이들이 들으면, 눈 부라리며 별별 총 다 들고 별별 소리 다 쏘아대겠지만 말이지.

# 멍청하긴

문제는 땅이란다
땀 흘려 일하는 것은 의미가 없어
노동만 하면 노예가 돼
죽어라 일하면 정말 죽어
땀 흘려 일하는 사이
가난은 도둑처럼 담을 넘는구나
투기꾼들 미친 듯 땅을 긁어모으는 동안
삼십 배 육십 배 백 배로 땅 땅 뛰는 땅
땅은 정직해, 사람을 속이지 않는다잖아
마음이 가난한 자는 몸도 가난할 뿐
땅끝까지 울타리 못 쳐 애통해하는 자는 복이 있나니
땅은 침노하는 자의 것이니
답은 땅이거늘
땅과 강과 하늘과 태양과 바람을 어찌 사고 팔 수 있단 말인가,
라고 묻는 오글라라 라코타*
멍청하긴, 인디언들이여.

* 오글라라 라코타: 아메리카 인디언.

# 파리 하수도

자베르도 여기를 지나 장발장을 만났다
어두운, 창백한, 칙칙한, 음험한 비밀들이 모이는 곳
먹다 버린 자유
먹고 버린 사랑
통째로 버린 정의가 벌거벗고 만나는 곳
태양을 만나기 전
오만한, 비굴한, 역겨운, 찌질한 도시들이 얼굴을 맞대는 곳
우주가 뒤섞이는 곳
장발장도 이곳을 통과하여 자베르를 만났다.

## 솔레이유soleil


영원永遠이 어쨌다고, 이 순간도 벅찬데
은하가 어쨌다고, 이 땅 하나도 숨찬데
블랙홀이 어쨌다고, 나도 매일 나를 삼키는데
너무 멀리 눈을 두고 손 헛짚는 사람아
너무 먼 곳에 머리 두어 발 헛딛는 사람아
오늘은 오늘, 뜨겁게 일하고 내려가는 길
막걸리 서너 사발에 밤새 울먹이고
불콰한 낮, 갈지자로 길을 나서는 것이
하루쯤 무슨 흠이랴
비틀대지 않고 이 밤 어찌 맞을까
이 바닥 치지 않고서야
솔레이유, 그 이름 태양인들
가파른 내일 새벽 언덕 어찌 다시 오르랴.

시詩 1


불타는 밤 불 끄는 데 한 잔

꺼진 불 살리며 한 잔

살린 불 돋우며 한 잔

활활 태우며 한 잔

불등걸 속으로 섬광처럼 사라지는

이성과 도덕 보따리

잠시 후 두려움 몰려오면 한 잔

다시 더듬더듬 새벽 잿더미 속 헤집네

잘 알잖나, 늘 헛헛이 돌아서는 도둑고양이

그래도 어쩌다 에스프리 한 개

앞발로 날쌔게 끌어당겨 입에 물고

어둠 속으로 달아날 때

번쩍 번득이는 두 눈.

# 시詩 2

노을 진 시간 서둘러 출항했다
삐거덕거리는 쪽배에 서너 바랑
망둥어 미끼 단단히 묶어 얹고
소리 없는 뱃고동 울리며 나갔다
망망한 바다를 헤쳐 가다가
잘그렁 잘그렁 바늘 늘어뜨리기도 전에
배는 뒤집혀 침몰했다
어떻게 되겠지
마리아나해구쯤이었다
바닥에서 퍼덕이는 놈을 보았다
그날 그랬다
닻을 내릴 길은 어차피 없었다
영원히 가라앉든, 번쩍 떠오르든
내 이놈 결딴을 내리라, 밤새 엎치락뒤치락
거덜 난 사내에게
은빛 상어가 살포시 안겼다.

시詩 3


태양처럼 발광發光하기도 하고
노래기처럼 음습陰濕으로 숨기도 하고
욥의 친구들처럼 헛소리하기도 하고
인디언처럼 심장을 휘젓기도 하고
무기수無期囚처럼 고개를 떨구기도 하고
운석처럼 떨어져 크레이터를 만들기도 하고
혜성처럼 돌진하기도 하고
건달처럼 건들거리다 곤두박질하는
시詩는, 신神은 대체 무엇인지.

# 시詩 4


오랫동안 나는 그녀의 머릿결을, 그녀의 얼굴을

그녀의 가슴을 응시했어

사랑은 늘 거기 있는 줄 알았어

아니었어

언젠가 야트막한 황토 언덕 아래

초라한 집 주위를 배회하는 무엇을 발견한 거야

외로움을 본 거야

깜짝 놀랐어

그녀는 언제나 저 높은 곳에서 불타는 줄 알았어

아니었어

나는 보았어

낯설고 음습한 곳에 있었어

그날 나는 머리에서 얼굴로, 얼굴에서 가슴으로,

가슴에서 배꼽으로, 배꼽에서 마침내 자궁으로 내려갔어.

# 아프로디테를 찾아서


날이 어둑해진 칠월 어느 날 밤이었지
종일 콩밭을 매고 돌아온 옆집 누이는
훌러덩 고쟁이까지 벗어 던지고 머리 위에
물을 끼얹고 있었네
어린 나는 고추밭으로 몸을 숨겼으나
실은 그럴 필요 없었어
보름달은 대놓고 누이를 보고 있었으니
공범이 있어 얼마나 다행이었던지
가녀린 어깨 위로 욕망이 쏟아지는 밤
외마디 소리를 지르던 누이의 등 위로
오로라는 꿈처럼 피어오르고
뽀얀 복숭아 같은 누이 젖이 흔들릴 때마다
불이 나던 내 유년幼年
잃어버린 시간
잊었던 아프로디테를 찾아서
보름달 휘영한 칠월 보름이면
나는 오래전 사라진 우물가를 도둑처럼 서성이네.

## 안단테의 시간

낮은 충분히 현란絢爛했구나
분노도 그만하면 됐지
불잉걸도 식는 시간이 필요해
지평선에 지긋한 평화 깃들고
피 묻은 기러기들 파닥이는 날갯짓
아름다운 망아忘我의 시간
하느님은 말씀하시네
하루가 길었구나, 지금은 쉴 시간
밤은 순전한 영혼을 위한 선물이려니
머리맡에 졸피뎀을 둘 필요 없단다
땀 흘려 일하고 잠자리에 들면 코 고는 사람아
하룻밤 자고 나면 영혼이 춤을 출걸
잠자는 동안 행성은 아침 식탁을 준비하리니
지금은 안단테의 시간
자지러져도 좋으련
고달픈 하느님 붉은 하늘 넘으며 이르시네.

# 퍽퍽

작은 것들이 하늘을 오른다

오르다 미끄러진다

가파른 하늘길

빛나는 유리 수직 벽을 오르다 떨어진다

퍽퍽 떨어진다

멀찌감치 바라보던 또 다른 작은 것들은

몸을 떨며 바닥으로 내려온다

돌아온 것들은 돌아온 것끼리

오르는 것들은 오르는 것끼리

서로 몸을 찢는다

찢으며 하늘을 우러른다

끝내 몇몇은 고층에서 소리친다

나는 올랐노라

나는 더 이상 작은 것이 아니란다

그 시간 고층 위 스카이라운지에서는

와인 잔 맞부딪치는 음성 요란하다

악다구니로 오른 것들아, 너희는 거기까지야

하늘은 오르는 것이 아니야

우리는 처음부터 하늘에 있었지

끝내 오르지 못할 것들, 그냥 살거라

이 좋은 세상 바다도 아름답잖은가

라운지는 아무나 오르는 것이 아니야
원샷! 하늘의 지분을 위하여!
힘찬 건배를 올리는 시간
작은 것들 퍽퍽 떨어진다
떨어지는 것들 위로 붉은 꽃비 쏟아진다.

• 고공에서 일하다 추락한 영혼들을 추모하며.

# 하마터면

집 비우지 마라, 대문 꼭 닫고 놀아야 한다
일요일 새벽 장 보러 가는 엄마 아버지의
잔소리는 아무 소용없었다
꿀잠 자는 누이를 엿보던 태양
방문 창호지를 뚫고
빼꼼히 들여다보다가
이불 걷어차고 늘어진 하얀 허벅지 결국 더듬고
부엌 부뚜막 바가지에 담긴
뽀얀 찐 감자들까지 모조리 조몰락거리고
이판사판 달아나다가
마당 한가운데 빨랫줄에 걸려 옴싹달싹 못하고 있었다
딱 걸렸다
일요일만 되면 남 집에 불쑥불쑥 들어오던 놈
그날 아버지한테 끌려가 작대기로 맞았다
그랬을 것이다
하마터면 큰일 날 뻔했다.

해 설

## 시니피앙, 시대의 기울기를 읽는 정신의 기울임

이오우(시인)

　박용주 시인의 신작 시집 『2021 시니피앙』 원고를 받고 야
릇한 흥분이 일었다. 제목과 시의 목록들이 푸른빛으로 일
렁이는 망망대해의 지평선 같았다. 작품들의 생생한 물결에
눈이 부시고 날랜 숨결에 정신이 아찔했다. 『2021 시니피앙』
은 그렇게 나에게 왔다. 시인의 풍부한 언어적 식견과 활달
한 시적 상상력으로 버무려진 세계가 신화적 뿌리를 거느리
고 있었다.
　박용주 시인은 프랑스어를 전공했고 교육에 대한 남다른
애정을 갖고 계신 분으로 알고 있었다. 그러나 시집을 읽고
시인으로서의 자기 혁신과 시에 대한 지순한 헌신을 느낄 수
있었다. 시인의 성품처럼 부드러우며 옹골찼다. 맑은 웃음
과 위트가 빛났다. 외유내강外柔內剛이랄까. 강한 뚝심이 느

껴졌다. 내공으로 자신의 시적 세계를 돌파하려는 고뇌의 응전과 활달한 기개, 웅숭깊은 내면에서 발원한 강줄기를 만날 수 있었다.

'시니피앙'은 소쉬르로부터 시작된다. 중요한 관점은 풍부한 시니피앙의 어록이 세계를 분석적으로 파악하는 역량이 된다는 점이다. 즉 더 많은 시니피앙을 가진 사람은 그만큼 세계를 깊이 관찰하고 치밀하게 분석할 수 있다는 것이다. 이런 측면에서 박용주 시인은 시대의 바다에서 신선한 시니피앙을 건져 올리는 시대의 어부다. '신화의 현재화'를 보여주며 오늘의 신화를 쓰고 있다. 자유로운 대화체를 통해 시상을 전개하고 있으며 자아가 타자화된 자아를 만난다. 현재를 재현하고 문제를 넘어 새로운 가능성을 향해 진군한다.

라캉이 말했듯 인간의 욕망은 타자의 욕망이다. 우리는 타인의 욕망을 욕망한다. 사고의 폭을 넓히는 어휘는 욕망을 읽어 들인다. 시를 통해 읽어 들인 시니피앙은 시인의 감수성과 시대정신에 의해 갈무리되며 무질서한 욕망의 실체를 보여 준다. 무의식의 실재와 행위의 모호성을 알 수 있게 한다.

박용주 시인은 자아가 불러들인 타자화된 자아를 통해 '코로나'로 대표되는 병리학적 현실을 무참히 해부한다. 진솔한 대화체는 개념을 무화시킨다. 추상의 면사포를 벗겨 내고 기표와 기의의 관계로 설정되는 개념을 시 · 공간적으로 확장시킨다. 시인의 시적 상상력은 시스템 속에서 다른 말과의 관계에 의해 결여된 개념으로 정의되는 시니피앙의 세계를 구체적으로 형상화한다. 기표(시니피앙)의 기능은 구체적인 사례를 통해서만 설명될 수 있다는 논리를 발판으로 다양한 언어의 맛과 지적 유희를 보여 준다. 마치 놀이동산에 온 어린아이처럼 박용주 시인이 가꿔 놓은 언어의 꽃밭을 거닐게 된다.

한편 시인은 이성의 지배를 받지 않는 듯하면서도 공상이나 환상적 모티프에 함몰하지도 않는다. 오늘을 사는 우리의 요구는 '시니피앙'들 속에서 분절되고 그 환유적 잔존물을 남긴다. 그것이 흐르고 흘러 봉착하는 곳은 축축한 어둠과 같은 충족되지 못한 욕망의 찌꺼기들일 때가 많다. 박용주 시인은 그것을 먹(잉크)으로 검게 빨아 놓았다. 표백하려 들지 않았다. 검은 바탕에 반짝이는 별들이 총총 박힐 것이다. 종착역이 없는 시간의 급행열차 앞에 아담한 플랫폼을 마련했다. 작은 소나무와 인정의 샘터가 있는 야산 아래, 정겨운 들녘이 펼쳐지는 고즈넉한 고향이다. 그 좌표를 찾아 여행해 보자.

시집 첫머리에 「2021-1」부터 「2021-6」까지 연작시가 자리 잡고 있다. 서막을 장식한 일련의 작품을 통해 시대적 고찰과 현실의 문제를 풍자적으로 그리고 있다. 시대의 진혼곡이자 현실의 명상록인 셈이다. 풍유와 우화(알레고리)를 통해 냉철함의 칼날과 따스함의 손길을 갈음하고 있다. 부드러운 말씨와 대화체의 방식을 통해 시상이 전개되지만 부드러운 칼집 속에 날카로운 칼날을 품고 있다는 것을 느낄 수 있다. 뜨거운 '잉걸불'과 '예술'의 헌사가 언어유희적 기법과 우의적 풍자를 통해 지성의 알레고리를 보여 준다. "촌놈"이라고 "깔보"는 대상에 대해 "불량품"의 "환불"을 요구한다. "유효기간"이 지난 "불량품"의 몰염치성을 질타한다. 당당한 요구로서 인간적 삶에 대한 정당한 권리를 주장하고 있다. "시집을 버리"고, "노동자가 철 빔 아래 쓰러"지며 낡은 "뿔테 안경을 태우"는 현실의 부조리함과 소중한 가치의 전도 현상을 담담하게 그리고 있다.

'코로나 팬데믹'의 '2021'은 그렇게 예술과 인생을 '만신창이'로 만들어 가고 있다. "잃어버린 입술"은 소통과 만남의 부재이며 "아스트라제네카 검문"은 직설적이면서 둔중한 망치 같은 고립의 징조다. "태양의 시"를 찬미하던 "데카당스"의 시절과 "미쁘게 밟히고 기꺼이 묻히는, 그 위대한 철학"의 가르침의 시대와 "떠나는 이의 관柩 위에 한 송이 꽃도 허락되지 않던 시절"의 "히드라 신학"과 "아메리칸 괴물"이 판을 치는 시대의 대립적 구도가 예리하다. 시간 여행을 하듯, 시인은 2021년의 팬데믹에 경종을 울린다.

혐오와 공포가 피어나는 굴뚝 아래 시인은 "추신: 제 탓도 있긴 해요/ 사용법을 읽지 못했거든요"를 덧붙이고 있다. 엄격한 자기 검열과 비판적 양심을 잃지 말자는 겸허함이다. 비대면의 시대, 인간적 욕망의 허기는 마치 미야자키 하야오 감독의 〈센과 치히로의 행방불명〉에 나오는 '가오나시' 캐릭터를 연상시킨다. 얼굴을 잃어버린 사람은 타인의 관심과 사랑에 목말라하며 무조건적 집착과 맹목적 추종의 모습을 보여 준다.

'2021' 연작시가 코로나의 당면만으로 '2021'의 시니피앙을 한정하지 않는다. "어떡하지 입이 닫혔는데/ 어떡하지 얼굴을 잃었는데/ …(중략)…/ 어떡하지 돌아갈 수도 없는데/ 어떡하지 여름은 또 오는데"(『2021-4』)에서 "손"과 "포옹"이라는 사랑의 기표(시니피앙)들은 "노래" "슬퍼할 시간도 없는데" "돌아갈 수도 없는데" "어떡하지"라는 지표를 거느리며 궁극적으로는 저항의 몸짓까지 포함한다. 자연과 생태도 예외는 아니다. 나아가 우주까지 변방이 될 수 없음을 "검은등뻐꾸기"와 "2미터 간격으로 운항하던 별들" "쓰러진 태양" "실어증에 걸린 행성"을 통해 환기하며 우주적 생명력을 불어넣는다.

이어지는 시편들도 같은 맥락이다. 삶의 둥지를 약탈당한 듯 "뿔뿔이 흩어졌다", "산 것들은 흩어져 강으로 바다로 가고/ 다만 몇몇 당신들에게 왔다"(『거기 숲에서』)는 숲을 잃어버린 2021년 인류의 모습이다. 감염병에 의해 개인의 일상이 유폐되고 사회적 디아스포라Diaspora를 경험하는 현실의 맥박을 짚어 준다. '그래도' 인정과 사랑은 잠들지 않는다. "먼 길 오느라 얼마나 힘들었니/ 그 여러 날 어찌 혼자 걸어왔니/ 밤길 무섭지는 않았니/ 몸은 성하니/ 낯이 많이 상했구나/ 역병疫病 쓸고 간 고을 견디고/ 어두운 길/ 씩씩하게도 지나왔구나/ 코로난지 뭔지 못된 그것이/ 그래도/ 식구를 한자리에 모으는구나/ 비누로 손이나 씻고/ 시장할 텐데 어이 저녁 먹어라/ 그리고 푹 자라 밤이 짧다/ 못다 한 이야기 내일 실컷 해도 된다"(『그래도』)처럼 말이다. 고단한 몸, 힘든 영혼을 위로하는 어머니의 음성이 들리는 듯하다. 독백의 쓸쓸함이 연민과 사랑의 골을 더욱 선명하게 드러낸다. 어떤 상황에서도 우리는 '그래도' 만남을 기록한다. 관계를 이어 나가며 삶의 수레바퀴를 움직여 나가며 언젠가 맞이하게 될 만남의 순간을 기약한다.

과거, 시는 주술처럼 재앙을 물리치는 힘을 가졌다고 믿었다. 하늘에 두 개의 태양이 나타난 괴변을 물리친 힘을 보여준 신라 월명사의 「도솔가」, 역신을 몰아낸 「처용가」에서처럼 유사 이래 개인적 서정이 시대와 공명하고 강물처럼 역사를 추동하며 삶의 길을 열어 나간 예는 많다.

돌아가라, 숲 깊은 곳으로 가라
안다, 침노당한 것들아
탈환奪還 말고 무슨 길 있었겠는가
우리 이제 승리의 깃발 반환하리니
돌아가라, 아마존으로 돌아가라
너희 마을로 가라, 검은 박쥐 떼에 몸을 얹고
볼레로 울리며 돌아가라
분노가 분노만은 아니어야 하니
음험한 출몰을 멈추어 다오
말도로르의 노래를 부르며 숲으로 가라
그곳에도 태양은 노피곰 돋으리니 미쁘게 가라


유골들이 유랑하는 대지, 만신창이 된
우리, 행성의 패권을 접는다
착란의 헤로인에 취해 신神을 흉내 내 온 우리들

113

이제는 알 것 같다, 임종의 문턱에서야 보이는 진실

깎고 파고 뚫고 부수기만 한 날들을 계수計數 하리니

이 땅에도 열 명 의인 없지 않으니

욥에게 허락된 재앙 다만 여기까지이기를


더 이상 고운 누이 대지 위에 청산가리 쏟아붓지 않으리

광란의 잔치 이제는 멈출 때

눈에 보이지 않는 영험한 자들이여

두 발로 걷는 종족, 오만의 질주와 파괴와 거식 우리 이

제는 끝내리니

견디기 힘든 금단의 시절 견디고

푸른 행성 남정네와 아낙으로 남으리니

오오, 골골마다 납골당 창궐만은 면케 해 다오

티쿤올람을 잊은 무지한 종족을 용서해 다오

그리고 이제 너희 숲으로 머리곰 돌아가라

우리 또한 우리 마을로 돌아가리니.

—「돌아가라」 전문


　주문을 걸듯 "돌아가라"는 명령은 부정과 모순의 문제에 대한 동시대인의 외침이다. 현대적 의미의 주술적 기능을 포함한다. 개인의 서정이 대중적 서정으로 나아가고 있다. 불순하고 해로운, 그래서 추출해야 하는 부정적 대상에 대해 시인은 '연민'과 '공감'의 자세를 보인다. 관용적 태도, 역지사지의 마음이다. 대화의 정석, 아니면 설득의 심리학일까.

시인은 이것을 잘 알고 있는 듯하다. 역신(역병) 스스로 감복하고 부끄러움을 느껴 제자리로 돌아가게 만드는 어조, 엄선된 시적 테크닉이다.

타이르듯 "숲 깊은 곳"으로 돌아가는 길을 밝히고 있다. "아마존"의 "너희 마을로" 가라고 말하면서 "안다, 침노당한 것들아"라며 시적 대상의 원시성과 자연성이 침략당한 상태를 말하고 있다. 원시성과 자연성의 회복을 위한 협상 테이블에서 시인은 겸허한 양심적 발언으로 자기반성의 목소리를 내고 있다. "볼레로"(라벨의 무용곡)를 울리며 "말도로르"(세상에 대한 지독한 혐오와 반항의 노래)를 부르며 가라고 말한다. 분노가 분노가 아니어야 하고 음험한 출몰을 멈추어야 하기 때문이다. 가장 지독한 혐오와 반항에도 태양이 떠오르고 희망의 불씨는 있기 때문이다.

시인은 인간이 자행한 죄업을 변호하려 하지 않는다. 부끄러운 고백을 서슴지 않으며 "깎고 파고 뚫고 부수기만 한 날들을 계수"하며 허락된 재앙이 여기까지라는 점을 인식하고 있다. 그 인식은 새로운 약속의 땅으로 이어져야 한다. 그 약속은 용서를 구하는 일부터 시작된다. "티쿤올람을 잊은 무지한 종족을 용서해 다오"가 이에 해당한다. 서로에게 허락된 공간, 그 자리로 돌아가자는 시적 주술은 인간의 탐욕에 대한 일침이며 자연으로 돌아갈 때, 모순을 극복할 수 있다는 역설적 외침이다. 이에 대한 화답시적 성격을 갖는 작품이 「사노라면」이다.

그대 그렇게 호들갑 떨 것 없소

나는 숲속에 있었을 뿐

내 집에 불 지른 것이 누구요

내 집 무너뜨린 것이 누구요

살아야 하니 둥지 떠나온 것이오

왜 그랬소, 그대 거룩한 존재면 나는 대체 뭐요

그대만 집이 있고 식구가 있는 게 아니오

먹고 마시고 어화둥둥 춤출 자격 그대만 있는가

그런 권력 누가 주었소

아무튼 그대 곁에 좀 더 머물러야겠소

오래 있을 생각은 없으니 엄살 떨지 마시오

내 집 고쳐지면 곧 돌아갈 거요

정신 차리시오, 지금 누가 누구를 괴롭히는 거요

누가 누구 집을 뒤집고 있소

거듭 말하지만 그대는 그대 집, 나는 내 집이 있소

그리고 이참에 일러두고 싶은 말

이 행성을 움직이는 것은 수만의 종種

그대는 그중 하나일 뿐

기분 상했다면 이해하오

그대 날 그리 보듯 내 눈에 그대는 별종이오

하여간 나는 내 집으로 돌아가고 싶소

바로 아시오, 나를 박멸할 수는 결코 없소

때 되면 돌아갈 터이니 때를 만드시오

그대 본래 얼뜨기는 아니었듯 나도 그렇소

그대나 나나 행성에 머물 시간 잠시뿐이니

사노라면 달갑지 않은 이 있기 마련

사피엔스, 자 이제 그만 징징대고 일 보시오.

—「사노라면」 전문


시니피앙은 기표이며 기호이다. 시니피앙의 세계에서 중요한 영토는 '소통'이다. 시니피앙signifiant은 기호의 겉으로 드러나는 형식이며 의미 내용(기의記意, 시니피에signifié)을 가진다. 예를 들어 우리가 '나무'라는 말을 할 때 소리인 '나무'는 시니피앙이 되는 것이고, 그 의미인 '줄기나 가지가 목질로 된 다년생 식물'은 시니피에가 되는 것이다. 이 둘의 관계는 의미작용意味作用(시니피카시옹signification)이라고 한다. 이러한 의미작용이 화자와 청자 사이에 '메시지'가 되어 전달된다. 메시지는 스키마schema와 긴밀한 상호작용을 하며 해석된다. 그런 다음 비로소 대화가 이루어질 수 있다. 대화는 조화와 부조화, 소통과 단절, 이해와 오해 등, 다양한 스위치를 가지고 있다. 대화의 방에 스위치를 켜고 끄는 일은 관계의 지속과 단절을 좌우한다. 이런 측면에서 박용주의 시는 시적 대상과 끊임없는 대화를 추구한다. 박용주 시인은 2021, 시대적 '병리 현상'과 대면하고 있다. 질병은 예기치 않은 결과로 인지될 뿐 그 원인과 과정은 무시되기 쉽다. 하지만 시인은 하나의 질병을 총체적 관점에서 조명하며 사회적 병리 현상으로 현실을 진단한다.

"나를 박멸할 수는 결코 없소"를 통해 직감할 수 있듯 '나'

(시적 화자)의 존재는 생물학적 관점에서 이해될 수 있다. 시적 대상이 시적 화자가 되어 시상을 전개하고 있다. 그 목소리는 "그대는 그대 집, 나는 내 집이 있소/ 그리고 이참에 일러두고 싶은 말/ 이 행성을 움직이는 것은 수만의 종種/ 그대는 그중 하나일 뿐/ 기분 상했다면 이해하오"를 통해 인격화되고 있다. 지구 생태계의 하층 구조를 이루는 생명의 '종種'이 독자에게 전하는 메시지가 사뭇 인간적이다.

수직적 기울기를 수평적 기울기로 변환하는 시인의 안목이 돋보인다. "그대 날 그리 보듯 내 눈에 그대는 별종이오." 지구 행성에 존재하는 수많은 생명의 존재가 종적 개념을 넘어서는 시니피앙의 세계를 구축하고 있다. 시인은 '슬견설蝨犬說'의 이규보처럼 "무릇 피와 기운이 있는 것은 사람으로부터 소, 말, 돼지, 양, 벌레, 개미에 이르기까지 모두가 한결같이 살기를 원하고 죽기를 싫어한다"는 생명의 수평적 가치 인식과도 통한다. 더 나아가 목소리는 단호하며 초자연적이지만 인간보다 더 인간적이다.

박용주 시인은 시적 자양분을 신화적 상상력에서 길어 올리고 있다. 인문학적 통찰이 스핑크스의 질문 같은 의문문과 만난다. 대화를 통해 시대를 불러 세우고 그와 함께 어두운 삶의 실체를 소환하며 함께 통과해야 할 관문과 풀어야 할 문제와 싸우고 있다.

더는 못 걷겠구나

무릎은 다각다각 부딪혀 한 발자국 떼기도 어렵다

폐는 망가져 이렇게 숨차 오르는데

오직 진군하는 너는

어미를 끌고 어디까지 가려느냐

모지락스러운 짓 언제 끝내려느냐

수렵의 시절이 그립구나

그때는 배고픔도 슬프지 않고

모진 비바람도 괜찮았다

어쩌다 내가 망나니 자식을 두었는지

너는 네 뱃살 부풀리는 일 말고 무엇을 했더냐

더는 묻고 싶지 않구나

내 수의壽衣와 관棺은 마련해 두었느냐

영악한 눈물일랑 보일 것 없다

이 어미 땅에 묻고 나면

너는 하늘을 오를 수 있으려나

홀로 라싸에 이를 수 있으려나

오늘 밤 어미는 또 어느 폐가 처마 밑에서

입에 졸피뎀 털어 넣고 눈을 붙여야 한단 말이냐.

　　　　　　　　　　　　　　—「가이아의 임종臨終」 전문


　만물의 어머니(가이아)는 임종의 순간을 기다린다. 그의 몰
락은 지치고 병든 모습으로 예감된다. "오직 진군하는 너"
에 의해 노예처럼 끌려가는 고난의 행군을 보여 준다. 모질
고 험한 시련의 날들이 태초의 어머니를 죽음의 길로 내몰고

있다. 그의 죽음이 이미 과거형일 수도 있다. 가이아의 실존적 목소리에 의한 현재진행형의 시상 전개는 가이아의 소환을 통해 인류가 직면한 "모지락스러운" 현실과 "망나니 자식"과 같은 인간의 무자비함을 말하고자 한다. "영악한 눈물"로 표징되는 위선적 삶은 대지의 가슴을 더욱 척박한 죽음의 땅으로 만들 것이다.

"이 어미 땅에 묻고 나면/ 너는 하늘을 오를 수 있으려나/ 홀로 라싸에 이를 수 있으려나"는 가이아의 죽음, 그 희생을 강요하는 현실을 풍자하고 있다. 이 땅의 자식(인간)들은 자연을 모조리 갈아 먹고 풍요와 안락을 누리면서 영혼의 안식까지 거래하려 한다. "오늘 밤 어미는 또 어느 폐가 처마 밑에서/ 입에 졸피뎀 털어 넣고 눈을 붙여야 한단 말이냐"는 회한의 음성은 가이아("어미")의 괴로운 불면의 밤을 형상화한다. 어머니로 형상화된 초라하고 지친 대지는 삶의 터전이며 가이아의 유랑은 현대인의 영혼이자 '영혼의 디아스포라'다.

일상이 불안으로 엄습하고 희망은 망가졌다. 보이지 않는 힘에 삶의 뿌리가 뽑힌 백성의 삶은 고달프다. 백성이 살아갈 땅, 희망의 터전인 가이아는 마땅히 건강해야 한다. "졸피뎀"으로 대유된 현실은 상징적 공간으로서 건강하지 못한 "가이아"에 대한 미래 생태보고서라 할 수 있다. 이와 같은 생태 보고서는 「강 1」과 「강 2」라는 작품으로 이어진다. 신으로부터 지구에 대한 위탁경영을 맡았다고 본다면 인간의 성적은 낙제점일 것이다.

"흐르지 못하는 그대는 강인가/ 황녹조 뒤덮인 음울한 물결/ …(중략)… / 강이여, 분노하라/ 울불며 치솟아라/ 할 수 있다면 거꾸로라도 흐르라"(『강 1』)와 "신음呻吟 듣는 것이 벌써 몇 해인가/ 추적추적 흐르는 핏줄이여" "나루마다 어귀마다 혈전이 쌓였구나"(『강2』)를 통해 선명히 드러난다.

강은 생명의 젖줄이다. 강에 기대어 인류는 문명을 창조하며 삶의 영속성을 이어 왔다. 그런 강줄기가 건강을 잃었다. 막혀 흐르지 못한다. '혈전'이 쌓여 동맥경화에 걸리고 뇌졸중으로 쓰러질 것 같은 위태로운 상황이다. 울분과 분노가 터지는 강한 외침의 기표들은 자연의 신음이고 고통을 대변하고 있다.


「그라믄 쓰나」「다이옥신」도 생태적 관점에서 인간의 파렴치함을 극대화하며 이에 대한 엄중한 경고이다. '다이옥신'의 '신'이 '신神'으로 언어유희되고 있으며 시인의 음성은 날카로운 풍자의 모서리를 가진다. 시인의 태도는 결연하고 엄중하지만 인간애의 샘터를 보여 준다. 진리의 오솔길과도 통한다. "메멘토 모리, 죽음을 기억하게"라는 문장이 그렇다. 겸손의 채찍으로 말하며 '오만'과 '잔인'의 노예가 되지 말기를 바란다. 인간의 지구 경영 보고서에 대한 속죄의 가능성을 열어 보고자 하는 간절함이다.

「바이러스와 싸워」야 하며 「붉은어깨도요」의 여행을 걱정하는 마음은 「에피메테우스를 기다리며」에서 반어적 수법으로 시적 의미를 증폭시키고 있다. 고달픈 "붉은어깨도요"의 삶의 이야기를 압축된 다큐멘터리로 보여 주고 시적 세계를 생태적 관점으로 확장하며 "서러운 영혼의 이야기"에 귀를 기울이게 한다. "프로메테우스는 가라/ 에피메테우스는 오라"는 태초의 인간을 소환하며 신과 인간의 결합 이후 번성한 인간의 허점을 찌르며 독자의 미간을 찌푸리게 한다. 가슴이 움찔한 순간이다.

이런 활달한 아이러니가 「왕과 토마토와 바랭이」를 통해 한 번 더 빛을 발한다. 의사들이 가장 싫어하는 채소(?) 1위가 토마토라고 한다. 건강에 좋은 채소이기 때문에 병원을 찾지 않게 된다는 우스갯소리다. 토마토가 빨갛게 익어 갈수록 의사들의 얼굴은 파랗게 질려 간다는 속설이 있다. 그야말로 채소의 제왕이다. 그럼 바랭이는 어떤가? 잡초 중에 가장 힘이 세다. 농사일을 해 본 사람은 바랭이의 억세고 강한 번식력과 튼튼한 뿌리를 모를 리 없다. 자연 앞에서 나는 왕, 인간이 왕이라 자처할 수 없다. 한 편의 우화 같은 작품이다. 풀과의 전쟁은 늘 패배가 있을 뿐이다. '장사풀' '바랭이'를 어찌 이긴단 말인가. 그러면서 시적 화자는 인간으로서 스스로가 관대한 왕임을 자처하지만 결국 왕은 따로 있다는 점을 반어적으로 말하는 것이리라.

「페트 아리랑」과 「화성으로 가자」라는 작품도 시인의 감수성과 시대적 감성이 어느 지점에서 공명해야 하는가를 일깨우고 있다. 무서운 플라스틱의 반격과 인류가 지구를 떠나 살아야 할지도 모를 땅 '화성'의 이미지 속에, 무자비하게 지구를 파괴하는 인류에 대한 혐오가 검은 폐수처럼 흐르고 있다.

박용주 시인은 신화의 세계와 현재의 세계가 만나는 수직

적 시간의 축과, 나와 너 그리고 자아와 타자가 만나고 인간과 자연이 조우하는 공간의 수평적 틀을 통해 시적 자장과 지평을 만들고 있다. 시간과 공간의 교직으로 빚어진 그의 언어의 집은 생명을 품는다.

행복에 이르는 지혜는 무엇일까? 결핍이 없다면 사랑도 없다. 부족함을 느낄 때 사랑의 마음이 생긴다고 한다. 그리스 철학자 소크라테스는 무지를 깨닫는 순간 지혜를 사랑하게 된다고 했던가. 지혜에 대한 열망은 다양한 형태로 나타나며 그것은 오늘날 우리가 겪고 있는 문제의 해결 방법을 제시할 수 있다.

과잉과 결핍에 대한 자성과 아름다움에 대한 갈증, 생태와 공존의 가치를 추구하는 것이야말로 행복과 친밀해지는 지혜로운 길이 아닐까. 우리는 물과 공기가 부족할 때 간절히, 그것을 아끼고 사랑하게 되는 것처럼 우리의 지혜와 사랑은 영혼을 돌보는 일에서부터 시작해야 한다. 영혼을 돌보는 마음은 자기 자신을 아끼는 일일 뿐만 아니라 나아가 세상의 모든 생명에 대한 경외이며 마음 기울임이다.

박용주 시인은 신화가 말하고 있는 상상과 욕망의 깊이를 재고 있다. 형형한 눈빛으로 하늘과 땅이 어떻게 조응하며 미래가 어디로 향해 열려야 하는지에 대한 삶의 다층적 좌표를 그리고 있다. 산의 높이를 하늘에서부터 재었다는 이백의 시처럼 세상의 기울기에 대한 역설적 발상과 정신의 기울임은 우리에게 제대로 살고 있는지를 묻고 있다. 형편없이 망가진

몸으로 삶을 지탱할 수 없듯이 형편없이 망가진 마음으로 온전한 삶을 살 수는 없다. 우리에게 마음 챙기기를 위한 정신의 마중물은 무엇인지, 『2021 시니피앙』은 말하고 있다. 시인의 언어는 불우한 시대의 밑바닥에서 인양한 순박한 삶의 징표다. 명징하게 나부끼는 기표들이 흔들어 깨우는 미소와 울림은 시대의 넋두리며 씻김이다. 이런 시인의 목소리는 신선한 소문처럼 번질 것이다.

알베르 카뮈의 소설 『페스트』의 마지막 구절에 담긴 주술 같은 말의 의미가 박용주 시인의 시 속에서 발견되고 있다는 느낌은 등골이 오싹한 순간의 경험이 아닐 수 없다. 검토하지 않은 삶은 가치가 없다고 한다. 지적인 모험의 가치가 정의로운 삶의 가치와 행복의 가치로 이어져야 한다. 삶의 목표가 행복이라면 우리는 현실을 직시하는 지적 모험의 언어적 도전을 감행하는 시인의 목소리에 귀를 기울여야 한다. 박용주 시인의 시집, 『2021 시니피앙』의 무수한 기표들이 2차원적 언술이 아닌 3차원적 의미로 해석될 지점이 여기에 있다. 생명의 강줄기를 따라 나선 박용주 시인의 화려한 외출이 독자들과 뜨거운 가슴으로 만나는 여정에 박수를 보낸다.